Judy Moody

Megan McDonald

ilustraciones de
Peter H. Reynolds

ALFAGUARA

Título original:
Judy Moody was in a mood. Not a good mood. A bad mood.
Publicado primero por Walker Books Limited, Londres SE11 5HJ

© Del texto: 2000, Megan McDonald
© De las ilustraciones y la tipografía de "Judy Moody":
2000, Peter H. Reynolds
© De la traducción: 2004, atalaire
© De esta edición: 2004, Santillana USA Publishing Company, Inc.
2105 NW 86th Avenue
Miami, FL 33122, USA
www.santillanausa.com

Edición: Elena de Santiago
Dirección técnica: Víctor Benayas, Jacqueline Rivera
Maquetación: Álvaro Gómez
Coordinación de diseño: Beatriz Rodríguez
Adaptación para América: Isabel Mendoza

Aguilar, Altea, Taurus, Alfaguara, S. A. de Ediciones
Beazley, 3860. 1437 Buenos Aires. Argentina

Editorial Santillana, S. A. de C.V.
Avda. Universidad, 767. Col. Del Valle,
México D.F. C. P. 03100. México

Distribuidora y Editora Aguilar, Altea, Taurus, Alfaguara, S. A.
Calle 80, Nº 10-23. Santafé de Bogotá. Colombia

ISBN: 1-59437-682-4
Impreso en Colombia, por D'vinni.

Para mis hermanas Susan, Deborah, Michele y Melissa

Megan McDonald

Para mi hija Sarah y su gato Twinkles

Peter H. Reynolds

índice

Quién es Quién

Todos conocen sus cambios de humor: sus miradas de trol son temibles... Cuando dice *Grrr*, es mejor alejarse de ella.

El padre de Judy. Experto en crucigramas y rompecabezas.

La madre de Judy. Está pendiente de todo. Tiene muy buen carácter. Le gustan las mascotas.

El hermano pequeño de Judy. La sigue a todas partes.

Mouse

La gata de los Moody.
Un poco vieja y miedosa.

Rocky

El mejor amigo de Judy,
de toda la vida.

Frank

Compañero de clase de Judy.
Hace años que está detrás de ella.

Sr. Todd

Más conocido como Sr. Todo.
Es el mejor profesor de tercer grado
del mundo.

De muy mal humor

Judy Moody no quería que se acabara el verano. No le gusta nada tener que peinarse todos los días, ni aprenderse de memoria listas de palabras para luego deletrearlas, y menos todavía sentarse en clase con el tonto de Frank Pearl.

Judy Moody estaba de mal humor.

De muy mal humor.

Ni siquiera pensar en sus lápices nuevos Gruñón conseguía sacarla de la cama.

—¡Hoy empiezan las clases! —canturreó su madre—. Así que a levantarse y a vestirse.

Judy se echó la cobija por encima y metió la cabeza debajo de la almohada.

—¿Me has oído, Judy?

—¡Grrr! —contestó.

Tendría que acostumbrarse a una clase nueva y también a un pupitre que ya no iba a tener una calcomanía de armadillo con su nombre, como el del año pasado. Tampoco habría un erizo llamado Roger.

Y seguro que tendría la mala suerte de que la pusieran otra vez en primera fila, con lo cual el señor Todd la vería cada vez que le pasara un mensaje a Rocky, su mejor amigo.

La madre volvió a asomar la cabeza por la puerta de su habitación:

—No te olvides de peinarte, ¿bueno?

Otra de las peores cosas del primer día de clase era que todo el mundo volvía del verano con camisetas en las que decía: DISNEY WORLD O SEA WORLD O JAMESTOWN: TIERRA DE POCAHONTAS. Judy rebuscó en todos los cajones, incluso en el de los pantalones y el de la ropa interior... Nada, no había camisetas con dibujos.

Al final, se puso un pantalón de pijama con rayas de tigre y arriba una vieja camiseta sin dibujos y sin letras.

—¡Se ha puesto una pijama! —se sorprendió su hermano Stink cuando la vio bajar—. ¡No se puede ir a la escuela en pijama!

Stink pensaba que ya lo sabía todo porque iba a empezar Segundo. Judy lo fulminó con

una de sus famosas miradas de trol.

—Puede cambiarse después de desayunar —dijo la madre.

—He hecho huevos fritos por ser el primer día de clase —cambió de tema el padre—. Y también tenemos hoy tu pan favorito para que lo untes en el huevo.

Judy no se emocionó. Además, se le había roto la yema. Puso el huevo temblón en la servilleta que tenía sobre las piernas para que se lo comiera Mouse .

—Se ha acabado el verano y yo no fui a ninguna parte —se quejó Judy.

—Has ido a casa de la abuela Lou —contestó su madre.

—Pero eso no tiene gracia, está aquí mismo, en Virginia. Además, no he comido perritos calientes, ni he montado en la montaña rusa, ni he visto ballenas…

—Pero sí has montado en los carritos chocones —repuso la madre.

—Sí, de bebés. Los del centro comercial…

—Y has ido de pesca y has comido tiburón —continuó el padre.

—¿Ha comido tiburón? —preguntó Stink.

—¿Que he comido tiburón? —repitió Judy.

—Sí. ¿Te acuerdas de lo que compramos en el mercado porque no habíamos pescado nada?

—¡He comido tiburón! —exclamó Judy Moody.

Se fue corriendo a su cuarto y se quitó la camiseta. Sacó un marcador de punta gorda y dibujó un tiburón con la boca

abierta y llena de dientes.
HE COMIDO TIBURÓN,
escribió en mayúsculas.

Judy salió disparada al
autobús, sin esperar a Stink
ni tampoco a que su padre le diera
un beso ni su madre un abrazo. Tenía ganas
de mostrarle ya a Rocky su nueva camiseta .

Ya casi se había olvidado de su mal
humor, cuando vio a su amigo practicando
trucos de magia con cartas en la parada del
autobús. Llevaba una camiseta azul con
unas letras muy bonitas y un dibujo de la
montaña rusa del Monstruo del Lago Ness.

—¿Te gusta mi camiseta nueva? —preguntó él—. Me la compré en el Jardín
Botánico.

—Pues no —dijo Judy, aunque en realidad sí le había gustado.

—Pues a mí tu tiburón sí me gusta —y como ella no contestó nada, preguntó—: ¿Estás enojada o qué?

—O qué —repitió Judy Moody.

¡Grrr!

El maestro, el señor Todd, estaba en la puerta dando la bienvenida a todos cuando Judy llegó a la clase de Tercero.

—Hola, Judy.

—Hola, señor Todo —saludó ella partiéndose de risa.

—A ver, todos, hagan el favor de colgar las mochilas en las perchas y dejar las loncheras en las cajoneras.

Judy Moody echó un vistazo a la clase.

—¿Tiene un erizo que se llame Roger? —le preguntó al maestro.

—Pues no, pero tenemos una tortuga que se llama Tucson. ¿Te gustan las tortugas?

¡Claro que le gustaban! Pero se contuvo.

—No, me gustan los sapos.

Volvió a reírse otra vez.

—Rocky, tú siéntate junto a la ventana y tú, Judy, aquí delante —indicó el señor Todd.

—Ya lo sabía yo… —dijo Judy, desilusionada.

Examinó su nuevo pupitre de la primera fila. Nada de calcomanías de armadillo con su nombre.

Para colmo, y como se esperaba, a su lado pusieron a Frank Pearl, famoso por comer goma de pegar. Frank miró de reojo

a Judy y le enseñó cómo podía doblarse el pulgar. Judy le sacó la lengua enrollada.

—¿A ti también te gustan los tiburones? —preguntó él, pasándole un sobre blanco con su nombre.

Frank no la dejaba en paz desde que bailaron juntos en la fiesta de primavera de Kinder. En Primero, le envió cinco tarjetas por San Valentín. En Segundo, le llevó pasteles en Halloween y el Día de Acción de Gracias. Y ahora, el primer día de Tercero, le venía con una invitación a su fiesta de cumpleaños. Judy miró la fecha ¡y resulta que todavía faltaban tres semanas! ¡Ni un tiburón podía desanimarlo!

—¿Me dejas mirar tu pupitre? —le preguntó Judy.

Él se apartó. Ni rastro de goma de pegar.

El señor Todd se paró en mitad de la clase. Había escrito en el pizarrón con letras grandes: PIZZA CON DOBLE DE QUESO.

—¿Vamos a comer pizza? —preguntó extrañada Judy.

—No, vamos a hacer un ejercicio —el señor Todd se llevó el dedo a los labios como si fuera un secreto—. Ya verán. ¡A ver, todos! ¡Escuchen! Vamos a hacer algo diferente para empezar el año, y así conocernos mejor. Van a preparar un collage sobre sí mismos, sobre cómo son. Podrán dibujar o recortar fotos, y pegar en el collage lo que quieran, con tal de que sirva para que los demás sepan qué les gusta.

¡Un collage sobre uno mismo! A Judy le sonó a chiste, pero no dijo nada.

—Entonces, ¿no hay que dibujar el árbol genealógico? —preguntó Jessica Finch.

—Voy a pasarles una lista con ideas sobre lo que podrían incluir, como sus familias. También les daré una carpeta para guardar las cosas que quieran poner en su collage. Nos dedicaremos a esto hasta el mes que viene. A finales de septiembre, cada uno tendrá la oportunidad de contarles a los demás quién es.

En las clases de Matemáticas y de Sociales, Judy no pensó más que en una cosa: en sí misma. Judy Moody, la estrella de su propio collage. A lo mejor Tercero no iba a ser un curso tan malo.

Nombre Judy Moody
COLLAGE SOBRE MÍ
COSAS QUE PUEDES INCLUIR:
¿Quién soy?
¿Dónde vivo?
Mis amigos
Mi mejor amigo
Mi mascota favorita
Aficiones
Lo peor que me
ha pasado
Lo más divertido...
Clubes

—A ver, todos. Ahora toca Lenguaje.

—Puaf, Lenguaje —dijo Judy en voz baja volviendo a ponerse de mal humor.

—Puaf, Lenguaje —repitió Frank Pearl. Judy le puso los ojos bizcos.

—Saquen una hoja y escriban cinco palabras con las letras que hay en el pizarrón: PIZZA CON DOBLE DE QUESO.

"¿Divertido, eh?", decía la nota que Frank acababa de pasarle a Judy.

"No", se escribió ella en la mano, y se la enseñó.

Judy sacó los lápices Gruñón. Todos llevaban pintada una cara de mal genio. En la caja decía: "LÁPICES GRUÑÓN, para cuando estés de un humor de perros. ¿Habías visto alguna vez unos lápices que parecen haberse levantado de la cama con el pie izquierdo?".

Perfecto. Los lápices Gruñón podían inspirarla. Encontró las palabras "pino", "lindo" y "nube" escondidas en lo que había escrito el señor Todd en el pizarrón. Pero apuntó: (1) no (2) no (3) no (4) no y (5) no.

—¿Quién quiere decir las palabras que

ha encontrado? —preguntó el maestro.

Judy levantó la mano como si tuviera un resorte.

—A ver, Judy.

—¡NO, NO, NO, NO, NO!

—Eso es sólo una palabra. Hacen falta cuatro más. Ven a escribirlas al pizarrón.

Judy Moody no escribió ni "pino", ni "lindo", ni "nube", sino "palo" y "león".

—¡También "mona"! —gritó Rocky.

—No hay "m" —dijo Frank Pearl.

Judy escribió "pisó".

—Otra palabra más —dijo el señor Todd.

Judy escribió "lobo".

—¿Puedes formar una oración con esas palabras, Judy? —preguntó el señor Todd.

"El lobo le pisó la cola al león y le dió con el palo".

La clase soltó una carcajada. Frank se rió tan fuerte que le salió un ronquido.

—Vaya, Judy... Parece que no estás de muy buen humor hoy —dijo el señor Todd.

—No... ¡Grrr! —dijo Judy Moody.

—¡Pues qué lástima! Iba a preguntar si alguien quería bajar a la oficina a traer la pizza. Es una sorpresa de bienvenida.

—¿Pizza? ¡Pizza! ¿De verdad? —la clase bullía de emoción.

Judy Moody quería subir la pizza para quedarse con ese plástico en forma de mesa que ponen para que el queso no se pegue a la tapa de la caja.

—Entonces, ¿quién quiere ir a traer la pizza? —preguntó el señor Todd.

—¡Yo! —chilló Judy.

—¡Yo! ¡Yo! ¡Yo! ¡Yo! ¡Yo! —gritaron todos a la vez, sacudiendo las manos y saltando.

Rocky levantó la mano sin decir ni pío.

—¿Quieres subir tú la pizza, Rocky?

—¡Claro!

—¡Qué suerte! —dijo Judy molesta.

Cuando Rocky volvió con la pizza, todos comenzaron a comer en silencio sus diminutas porciones mientras escuchaban al señor Todd leer un libro sobre un perro que comía pizza con chorizo.

Cuando terminó de leer, Judy le preguntó:

—Señor Todd, ¿puedo quedarme con la mesita de la pizza?

—Pues de veras parece una mesita en miniatura. No se me había ocurrido…

—Es que las colecciono —explicó Judy.

La verdad es que todavía no había empezado. Hasta la fecha había coleccionado veintisiete mariposas nocturnas muertas; un puñado de costras; una docena de palillos de dientes; cientos de curitas con diseños locos (porque necesitaba la tapa de los estuches); una caja llena de partes de cuerpos (¡de muñecas!), entre las cuales había tres cabezas de Barbie; y cuatro borradores sin estrenar, en forma de pelota de béisbol.

—Vamos a hacer una cosa —propuso el señor Todd—. Te la daré si eres capaz de venir mañana a clase de buen humor. ¿Qué te parece?

—Sí, señor Todd...

Mesita de Pizza ↰

—dijo Judy—. Sí, sí, sí, sí, ¡SÍ!

Dos cabezas, mejor que una

Judy le estaba enseñando a Mouse a caminar en dos patas, cuando sonó el teléfono.

—¿Diga?

Nadie habló.

—¿Diga? —repitió Judy al vacío.

—¿Eres tú, Judy? ¿Te dejan venir a mi fiesta? —preguntó Frank Pearl. ¡Pero si le acababa de dar la invitación!

—Ha marcado el número equivocado —respondió rápidamente Judy, y colgó.

Agitó delante de Mouse la mesita de pizza colgada de un hilo. El teléfono volvió a sonar.

—¿Es la casa de los Moody?

—Ahora no, Frank. Estoy en medio de un importante experimento.

—De acuerdo. Adiós.

El teléfono sonó por tercera vez.

—El experimento aún no ha terminado —chilló Judy por el auricular.

—¿Qué experimento? —preguntó Rocky.

—Da igual —dijo Judy.

—Vayamos a Vic's —propuso Rocky—. Quiero comprar cosas para mi collage.

Vic's era un supermercado donde había una máquina de la suerte que daba unos premios divertidos, como tatuajes y trucos de magia.

—Espera que pregunte —y se volvió hacia su madre—. Mamá, ¿puedo a ir a Vic's con Rocky?

—Claro.

—¡Claro! —repitió Judy, tirándole la mesita de la pizza a Mouse.

—Yo también voy —saltó Stink.

—No, tú no.

—Puede ir perfectamente con Rocky y contigo —la madre le dirigió una mirada que lo decía todo.

—Pero es que no sabe cruzar China y Japón por el camino —protestó Judy.

Sólo Rocky y Judy sabían que el primer paso de cebra era China y el segundo, Japón.

—Seguro que pueden enseñarle —propuso la madre.

—¡Enséñame! —suplicó Stink.

—Nos vemos en la alcantarilla —confirmó Judy por el auricular.

La alcantarilla quedaba justo a mitad de camino entre las casas de Judy y Rocky; lo habían medido en verano con una cuerda muy larga.

Judy salió disparada por la puerta y Stink la siguió.

Rocky tenía un dólar; Judy, otro más, y Stink, seis centavos.

—Juntando todo el dinero tenemos para ocho premios —dijo Rocky.

—Dos cabezas piensan mejor que una. —se rió Judy, mientras estiraba el billete que había sacado del bolsillo y señalaba la cabeza de George Washington.

—Pues yo tengo seis cabezas —añadió Stink, enseñando los centavos.

—¡Porque eres un monstruo! —Judy y Rocky soltaron una carcajada.

Pero con eso, Stink no tenía suficiente ni para un caramelo…

—Se les van a picar los dientes si se comen ocho caramelos —insistió Stink—. Denme dos a mí, por lo menos.

—Es para un premio —le dijo Judy.

—Con ocho monedas de 25 centavos

tenemos ocho probabilidades de ganar un truco de magia —explicó Rocky—. Me hace falta uno para el collage.

—¡Eh, espera!... —lo interrumpió Judy—. Acabo de acordarme. Necesito mi dólar para comprar curitas.

—Las curitas son aburridas —saltó Stink—. Además ya tienes un montón. Papá dice que tenemos en el baño más curitas que la Cruz Roja.

—Pero es que yo quiero ser médica. ¡Como Elizabeth Blackwell, la primera mujer médica! Construyó su propio hospital. Sabía operar y curar y todo eso.

—¡Y todo eso! ¡Puaf! —se burló Stink.

—Te has pasado todo el verano juntando tapas de cajas de curitas —intervino Rocky—.

Creía que con eso bastaba para que te enviaran la muñeca.

—Claro. Y ya la pedí, en julio, pero todavía estoy esperando a recibirla. Lo que necesito ahora es un microscopio. ¡Con él se pueden mirar la sangre, las costras y todas esas cosas!

—¿Cuándo llegamos a China? —preguntó de repente Stink.

—Todavía estamos en la calle Jefferson —le explicó Rocky.

—Pues vamos a buscar piedras hasta que lleguemos a China —propuso Stink.

—Vale, a ver quién encuentra la mejor —a Rocky le pareció una buena idea.

Los tres se pusieron a mirar el suelo mientras caminaban. Judy encontró cinco guijarros de color rosa y una papeleta de la suerte que decía: "Te va a llegar dinero". Rocky encontró una pieza azul de Lego y una piedra con un agujero en el centro, ¡una piedra de la suerte!...

5 Guijarros de color rosa   Papeleta de la suerte   Lego azul   Piedra de la suerte

—¡He encontrado un diamante negro! —exclamó Stink.

—Es carbón —contestó Judy.

—Vidrio —rectificó Rocky.

—¡Espera! —se dirigió Judy a Rocky poniendo los ojos bizcos—. Creo que es una roca lunar. ¿Verdad, Rocky?

—Sí, está muy claro.

—¿Cómo lo saben?

—Porque tiene cráteres —le explicó Judy a su hermano.

—¿Y cómo ha llegado aquí? —preguntó éste, incrédulo.

—Ha caído del cielo.

—¿De verdad?

—De verdad —respondió Rocky—. Tengo una revista donde cuentan que una vez cayó una roca lunar y formó un agujero en Arizona.

—Y el maestro nos contó el año pasado que una roca lunar había golpeado a un perro en Egipto. En serio, tienes mucha suerte —dijo Judy—. Las rocas lunares tienen millones de años de antigüedad.

—Según mi revista, por fuera son de polvo y por dentro brillan —añadió Rocky.

—Entonces sólo hay una manera de asegurarnos de que es una roca lunar —Judy buscó una piedra grande por los alrededores. Luego golpeó la de Stink y la dejó hecha pedazos.

—¡La has machacado! —Stink protestó muy enojado.

—¡Mira, creo que he visto brillar algo! —gritó Rocky.

—Stink, has encontrado una roca lunar de verdad que sí —lo animó Judy.

—¡Ya no es una roca lunar!

—Bueno, ahora tienes algo mejor que una roca lunar —dijo Judy.

—¿Qué?

—Montones y montones de polvo lunar.

Judy y Rocky se revolcaban en el suelo de la risa.

—Me voy a casa —dijo Stink, y recogió a puñados la roca machacada, llenándose los bolsillos de tierra.

Judy y Rocky siguieron riéndose hasta China, corrieron de espaldas a Japón y después fueron a la pata coja dándose palmadas en la cabeza hasta que llegaron a Vic's.

Una vez allí, juntaron el dinero para comprar una caja de curitas y hasta les sobró para un caramelo para cada uno. No les tocó ningún truco de magia para el collage de Rocky, ni siquiera un trol, ni un cómic en miniatura, ni un tatuaje.

—A lo mejor pongo un caramelo en mi collage —dijo Rocky—. ¿Vas a poner curitas en el tuyo?

—Buena idea, oye.

—Nos quedan cinco centavos , ¿por qué no le compramos un chicle a Stink?

Cuando llegaron frente a la casa de los Moody, Stink les salió al encuentro con un montón de monedas tintineándole en los bolsillos. Había puesto en la puerta un tenderete con bolsas de las de llevar el almuerzo.

—¿Saben qué? —gritó Stink—. ¡Desde que volví a casa he ganado tres dólares!

—Imposible —gruñó su hermana.

—Muéstranoslos —exigió Rocky, sin creérselo del todo.

Stink se vació los bolsillos. Contaron doce monedas de veinticinco centavos.

—¿Qué hay en las bolsas? —preguntó entonces Judy—. Ha debido de comprarlo toda la gente de Virginia.

—Sí, ¿qué es lo que vendes? —preguntó Rocky.

—Polvo lunar —sonrió Stink.

Mi mascota favorita

Como era el Día del Trabajo, no había clase. Judy levantó la vista del collage que estaba haciendo sobre la mesa del comedor.

—Necesitamos una mascota nueva —le anunció a toda la familia.

—¿Una mascota nueva? ¿Hay algún problema con Mouse? —preguntó la madre. Mouse abrió un ojo.

—Tengo que elegir MI MASCOTA FAVORITA. ¿Cómo voy a hacerlo si sólo tengo una?

—Pues elige a Mouse —dijo la madre.

—Mouse es muy vieja y le da miedo todo. Es una mata de pelo que ronronea.

—Espero que NO estés pensando en un perro —intervino el padre.

Mouse saltó de la silla y se estiró.

—A Mouse no le gustaría nada —dijo Judy.

—¿Y un pez de colores? —sugirió su hermano.

Mouse se frotó contra la pierna de Judy.

—Eso sí que le gustaría a Mouse. Pero yo había pensado en un perezoso.

—Ajá —dijo Stink.

—Son estupendos —Judy le enseñó a su

hermano una foto de una revista sobre bosques tropicales—. ¿Ves? Se pasan el día colgados cabeza abajo. Hasta duermen cabeza abajo.

—Tú sí que estás cabeza abajo —le contestó Stink.

—¿Qué comen? —preguntó el padre.

—Aquí dice que comen hojas y vegetales, en general.

—¡Qué fácil! —exclamó Stink.

—Judy, ¿por qué no vamos a la tienda de mascotas? —propuso el padre—. No digo que encontremos un perezoso, pero siempre viene bien echar un vistazo —añadió mirando su crucigrama— y a lo mejor encuentro un pez de cinco letras que empieza por G.

—Pues vamos todos —propuso la madre.

Judy vio serpientes, loros, cangrejos ermitaños y peces tropicales en la tienda de mascotas. Hasta vio un pez globo.

—¿Tienen perezosos? —preguntó a la señora de la tienda.

—Lo siento. Ya no quedan.

—¿Qué te parece un tritón o una tortuga? —preguntó el padre.

—¿Has visto los hámsteres? —la madre señaló la jaula donde estaban.

—No me interesan. Aquí no hay nada del bosque tropical.

—A lo mejor tienen algún insecto extraño —dijo Stink.

—Contigo tengo suficiente —Judy lo miró entrecerrando los ojos.

Eligieron un ratón sonoro de juguete para Mouse. Al ir a pagarlo, Judy se fijó en una planta verde con dientes que había en el mostrador.

—¿Qué es esto? —preguntó a la dependienta.

—Una Venus atrapamoscas. ¿Ves esas cosas que parecen bocas con dientes? Pues se cierran como trampas. Con el olor que desprende atrae a los insectos y se los come. También puedes darle trocitos de hamburguesa cruda.

—¡Qué curioso! —dijo Judy.

—¡Me encanta! —dijo Stink.

—Buena idea —dijo la madre.

—Nos la llevamos —dijo el padre.

◎ ◎ ◎

Judy colocó la nueva mascota en la mesa de su cuarto, para que le diera la luz. Mouse miraba con un ojo desde su cesta.

—¡Qué ganas tengo de llevar a clase mañana la nueva mascota para "Muestra y cuenta"! Parece una planta rara del bosque tropical.

—¿Ah sí? —preguntó Stink.

—Pues claro. ¡Imagínate! Puede ser que haya alguna medicina escondida en esos dientes verdes. Cuando sea médica, voy a estudiar estas plantas y descubriré la cura para enfermedades raras.

—¿Qué nombre le vas a poner?

—Todavía no lo sé.

—Como le gustan los insectos, puedes llamarla Cabeza de insecto.

—¡Bah! —exclamó Judy.

Judy regó su mascota nueva, le echó abono a la tierra y, cuando se fue Stink, le cantó una canción. No se le ocurría ningún nombre que le gustara. Rompecachos era demasiado largo... tal vez Cosa.

—¡Stink! —gritó—. Tráeme una mosca.

—¿Cómo la cazo?

—Una mosca. Te daré diez centavos.

Stink echó una carrera hasta la ventana de detrás del sofá y volvió con una mosca.

—¡Qué asco! Está muerta.

 —Se iba a morir pronto de todas formas.

Judy levantó la mosca muerta con la punta de una regla y la dejó caer en una de las bocas de la planta. La trampa se cerró al momento, tal como había dicho la señora de la tienda.

—¡Qué curioso! —exclamó Judy.

—¡Clap! ¡Ñam, ñam! —añadió Stink.

—Ahora tráeme una hormiga. Pero que esté viva.

Stink quería volver a ver comer a la Venus atrapamoscas, así que fue a buscar una hormiga para su hermana.

—¡Clap! ¡Ñam, ñam! —gritaron los dos en cuanto se cerró la trampa.

—¡Súper curioso! —exclamó Judy—. Stink, busca una araña o algo así.

—Ya estoy cansado, ¿eh?

—Pues pregúntale a papá o a mamá si tenemos hamburguesas crudas.

Stink puso mala cara.

—Porfa, porfa, y te doy un chicle —suplicó Judy—. Y te dejo darle de comer.

Su hermano corrió a la cocina y volvió con un pedazo de hamburguesa cruda.

¡Una auténtica...

... belleza!

¡Ven, hormiguita!

¡Ni pensarlo!

¡Clap! ¡Ñam!, ¡ñam!

¡Uff!

Metió un trozo grande en la trampa abierta.

—¡Eso es mucho! —chilló Judy cuando ya era demasiado tarde.

La boca se cerró y la hamburguesa se le salía por entre los dientes y caía a la tierra.

—¡¡La has matado!! Me la vas a pagar, Stink. ¡MAMÁ! ¡PAPÁ!

Judy mostró a sus padres el estropicio.

—¡Stink ha matado a mi Venus atrapamoscas!

—Ha sido sin querer... ¡La trampa se cerró muy deprisa!

—No está muerta. Está haciendo la digestión —intervino el padre.

—Seguro que mañana temprano abre la boca —dijo la madre, conciliadora.

—A lo mejor está durmiendo o algo así —dijo Stink algo más esperanzado.

—O algo así —repitió Judy de mal humor.

Mi mascota maloliente

Llegó la mañana siguiente. La boca de la planta seguía cerrada. Judy trató de abrirla con una hormiga recién capturada.

—Toma —le dijo poniendo vocecita de bebé—. ¿Te gustan las hormigas? ¿Sí?

Pero la boca no se abrió ni un milímetro. La planta no movió ni un dedo. Judy se rindió. Metió con cuidado la planta en la mochila para llevarla a la escuela, con el apestoso trozo de hamburguesa y todo.

En el autobús, le enseñó su mascota nueva a Rocky.

—Me moría de ganas de mostrarles a todos cómo come, pero ya no se mueve. Y además huele.

—¡Ábrete Sésamo! —ordenó Rocky, por emplear alguna fórmula mágica. No sucedió nada.

—A lo mejor se abre con el meneo del autobús —dijo Judy.

Pero ni siquiera eso hizo que su mascota nueva se recuperara.

—Si se me muere, MI MASCOTA FAVORITA sólo podrá ser Mouse —se quejó Judy.

Cuando llegaron, el señor Todd propuso al empezar la clase:

—A ver, todos, saquen las carpetas del collage. Voy a darles revistas viejas para que recorten fotos durante la próxima media hora. Les quedan tres semanas, pero quiero ver cómo va lo que están haciendo.

¡El collage! Judy estaba tan concentrada en su mascota nueva que se le había olvidado traer la carpeta a la escuela.

Judy Moody miró la carpeta de Frank Pearl con el rabillo del ojo. Había recortado fotos de macarrones (comida favorita), hormigas (mascota favorita) y zapatos. ¿Cómo que zapatos? ¿Es que los zapatos eran los mejores amigos de Frank?

Judy miró su mochila abierta al lado de la silla. La planta seguía con la boca cerrada. Pero la mochila entera apestaba.

Judy sacó el popote de su jugo y sopló a la Venus atrapamoscas. Ni por ésas. ¡No iba a abrirse a tiempo para la exposición!

—¿Qué me dices? —preguntó Frank.

—¿Qué me dices de qué?

—Que si vas a venir.

—¿Adónde?

—A mi fiesta de cumpleaños. Este sábado que viene no, el otro. Van a venir todos los chicos de nuestra clase. Y mis vecinas, Adrián y Sandy.

A Judy Moody le importaba un bledo que fuera el presidente en persona. ¡Su mochila olía a diablos!

—¿Qué llevas en la mochila? —preguntó Frank.

—A ti no te importa.

—¡Huele a pescado podrido! —exclamó su compañero.

Judy deseó que la Venus atrapamoscas resucitara y le diera tal mordisco a Frank que no puediera celebrar más cumpleaños.

En ese momento, el señor Todd se acercó y le dijo:

—No has recortado fotos, Judy. ¿Tienes la carpeta?

—Pues... o sea... estaba... entonces... es que... no. Anoche me compraron una mascota nueva.

—No irás a decirme que la mascota se comió la carpeta.

—No exactamente. Pero se comió una mosca muerta y una hormiga viva. Y después un trozo de...

—La próxima vez, no olvides traer la carpeta a clase, Judy. Oigan todos, mantengan las tareas fuera del alcance de los animales.

—Mi mascota nueva no es un animal, señor Todd. Ni come tareas, sólo... insectos y hamburguesa cruda.

Judy sacó la Venus atrapamoscas de la mochila. ¡Y no lo podía creer! Ya no tenía el tallo mustio y la boca estaba bien abierta, como si tuviera hambre.

—¡Les presento a Mandíbulas! —exclamó Judy—. MI MASCOTA FAVORITA.

Doctora Judy Moody

¡Por fin! Lo único que podía superar a Mandíbulas era recibir por correo una gran caja marrón a nombre de la DOCTORA JUDY MOODY. Ahora sí que estaba de humor para operar.

—¿Puedo abrirla? —preguntó Stink, saliendo del fuerte que había hecho en el armario.

—¿Qué dice aquí? —le preguntó Judy señalando la etiqueta.

—Doctora Judy Moody.

—Exacto. Reuní todas las tapas de las cajitas.

—¡Pero yo te traje unas de la enfermera de la escuela! —protestó Stink.

—De acuerdo. Puedes ir por las tijeras.

Stink se las trajo y Judy cortó la cinta adhesiva y abrió las solapas. Mouse se enredó una pata con la cinta. Stink metió las narices de por medio.

—¡Stink! ¡Estoy en plena operación!

Judy retiró el envoltorio de papel y sacó la muñeca.

¡Por fin! Judy la tomó en sus brazos y le acarició el pelo sedoso y suave. Llevaba unos lazos preciosos en el vestido de hospital azul y blanco, y un brazalete de hospital.

—Se llama Sara Secura —leyó Judy.

—¿Hace algo?

—Aquí dice que, si giras el botón de la cabeza, se pone enferma. Y si vuelves a girar el botón, se cura. ¿Entiendes?

Judy hizo girar el botón de la cabeza hasta que le cambió la cara a la muñeca.

—¡Tiene sarampión! —exclamó Stink.

—También habla cuando la abrazas —dijo Judy, y abrazó a la muñeca.

—¡Tengo sarampión! —dijo Sara Secura.

Judy volvió a girar el botón hasta que puso otra cara. Y volvió a darle un abrazo.

—¡Tengo varicela! —se quejó ahora Sara Secura.

—¡Guau! —exclamó Stink—. ¡Una muñeca enferma! ¡Con tres caras!

Judy volvió a girar el botón y abrazó a la muñeca.

—¡Ya me siento mejor! —dijo Sara.

—¿Puedo ponerla enferma y luego bien? —preguntó Stink.

—No. La médica soy yo —Judy abrió el maletín de médico—. Al menos tengo alguien con quien practicar.

—Pero si siempre practicas conmigo.

—Alguien que no se queje.

—Tú también te quejarías si tuvieras que sostener una lámpara y te llenaran de vendas. ¿Por qué no puedo ser yo Elizabeth Blackwell, la primera mujer médica?

—Por la sencilla razón de que eres niño.

—¿Puedo ponerle el brazo en cabestrillo?

—No.

Judy colocó su otoscopio en la oreja de Sara y encendió la luz.

—¿Puedo sacar la sangre de tu maletín?

—Shh, no oigo —dijo Judy mientras le ponía el estetoscopio a Sara en el pecho. Luego se lo puso a Stink—. Hmmm.

—¿Qué? ¿Qué oyes?

—El latido del corazón. Eso sólo puede significar una cosa.

—¿Cuál?

—¡Que estás vivo!

—¿Puedo escuchar los latidos?

—Está bien, está bien. Pero antes tráeme un vaso de agua para mezclar la sangre.

—Tráelo tú.

—No toques nada hasta que yo vuelva. Ni respires.

Stink hizo girar el botón de la cabeza de la muñeca en cuanto Judy se dio media vuelta. Volvió a girarlo: varicela, sarampión, varicela, sarampión, varicela. Stink hizo girar la cabeza para todos los lados cada vez más deprisa.

—¡Uyuyuiii! —se sorprendió.

—¿Qué? —preguntó Judy al volver con un vaso rebosante de agua.

—Se le ha atascado la cabeza.

Judy le quitó a Sara Secura.

—¡Tengo varicela! —dijo Sara.

Judy quiso girar el botón, pero estaba atascado de verdad. No había manera de moverlo por más que lo apretó y lo jaló.

—¡Tengo varicela! ¡Tengo varicela! —repetía Sara Secura sin parar.

—¡Se ha quedado atascada en la varicela! —se quejó Judy.

—No ha sido culpa mía —dijo Stink.

—¡Ha sido por tu culpa! Ahora ya no se curará nunca —Judy le tomó el pulso a Sara, le escuchó el corazón y le puso la mano en la frente por si tenía fiebre—. ¡Mi primer paciente y resulta que va a tener varicela toda la vida!

Judy le llevó la muñeca a su madre, pero ella no pudo desatascar el botón, ni su padre tampoco consiguió mover la cabeza por más fuerza que hizo.

—¿Qué vas a hacer? —preguntó el padre.

—Sólo se me ocurre una cosa.

—¿Ponerle una inyección? —sugirió la madre.

—No. ¡Curitas!

—¡Qué buena idea! —dijo Stink.

Así que pusieron curitas con dibujos en todos y cada uno de los granos que Sara

Secura tenía en la cara. Y luego por todo el cuerpo. Había curitas de especies en peligro de extinción, dinosaurios, sirenas y carros de carreras, incluso curitas fosforescentes de ojos inyectados en sangre.

—Así no se rascará —concluyó la doctora Judy Moody.

—Me alegro de que hayas resuelto con éxito esta emergencia —la felicitó su padre.

Judy hizo un último intento de girar la cabeza de la muñeca. No la jaló ni se la retorció. Simplemente, le dio vuelta al botón muy despacio y con mucho cuidado. Sara movió la cabeza y volvió a aparecer su cara sonriente y sin varicela.

—¡La curé! —gritó Judy mientras abrazaba a la muñeca.

—¡Ya me siento mejor! —dijo Sara Secura.

—¡Como nueva! —exclamaron el padre y la madre a la vez.

—Me alegro de que no le haya dado fiebre maculosa —dijo Judy—. ¡No habría tenido curitas suficientes para tapar tantos granos!

El club S.O.S.

—Creo que va a llover durante cuarenta días y cuarenta noches —anunció Stink.

Judy estaba colgando una sábana desde la litera de arriba para hacerse un techo de bosque tropical sobre la litera de abajo. Después puso a Mandíbulas en la litera de arriba, para darle más realismo a la selva. ¡Mucho mejor que un perezoso! Luego se tumbó en la cama y desplegó el collage que estaba haciendo. Mouse se puso a su lado.

—No me eches pelos en el collage —le advirtió Judy.

Stink metió la cabeza por entre la sábana.

—¿Quién es ésa, toda despeinada? —preguntó señalando un dibujo sobre el collage.

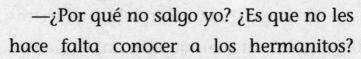

—Yo, de mal humor, en mi primer día de escuela.

—¿Por qué no salgo yo? ¿Es que no les hace falta conocer a los hermanitos?

—A los pesaditos, querrás decir —y señaló un poco de tierra pegada en el ángulo inferior izquierdo.

—¿Es que yo soy tierra?

Judy soltó una carcajada.

—Eso es porque vendes polvo lunar —le explicó Judy.

—¿Qué es ese manchón? ¿Sangre?

—Es rojo. MI COLOR FAVORITO.

—¿Dónde conseguiste curitas de tela de araña? ¿De dónde has sacado la goma de pegar brillante? ¿Puedo traer mis alas de murciélago y ponerlas ahí con goma brillante?

Su hermano pequeño, el monstruo de los murciélagos, se estaba convirtiendo en un auténtico Frank Pearl.

—No hay espacio, Stink. Éste es un trabajo serio y no me quedan más que dos semanas para terminarlo.

Judy recortó una foto de Sara del anuncio que venía en una revista y lo pegó en el rincón de la médica, justo al lado del dibujo de Elizabeth Blackwell que había copiado de una enciclopedia.

Echó un vistazo a la lista de ideas del señor Todd para el collage.

CLUBES. "No soy miembro de ningún club", pensó Judy. Así que ésa no le servía.

AFICIONES. Su afición favorita era coleccionar. Pero no podía poner una costra ni una cabeza de Barbie en el collage. Pegó con cinta adhesiva la mesita de la pizza que le había dado el maestro.

LO PEOR QUE ME HA PASADO. No se le ocurría nada. A lo mejor es que no le había pasado todavía.

LO MÁS DIVERTIDO QUE ME HA PASADO. Se acordó de la vez que dio unos golpes misteriosos en la pared del cuarto de Stink para asustarlo. Pero, ¿cómo iba a poner eso en un collage?

Judy estuvo dándole vueltas al collage hasta que dejó de llover. Entonces llamó a Rocky.

—Nos vemos en la alcantarilla dentro de cinco minutos —le dijo.

Rocky se puso la camiseta de boa cons-trictor, y Judy también.

—¡Igual-igual! —exclamaron los dos cuando se vieron, chocando las manos dos veces, como siempre lo hacían cuando salían con algo idéntico.

Se quedaron encima de la alcantarilla.

—¿Qué crees que hay debajo de la calle? —preguntó Rocky.

—Montones y montones de gusanos.

—Vamos a buscar algunos y los echamos ahí abajo —propuso él.

—¡Qué porquería! —dijo Judy.

—Podemos buscar arco iris en los charcos.

—Muy difícil —dijo ella.

—Escucha. Oigo sapitos. ¡Podríamos buscar sapitos!

Rocky corrió hasta su casa para traer un cubo. Cuando volvió, acorralaron a un sapo y lo atraparon.

—¡Te atrapé! —Judy lo tomó en sus manos—. Su piel es suave y rugosa a la vez; fría pero no babosa.

De pronto, sintió algo cálido y húmedo en las manos.

—¡Puaf! ¡Este sapo se orinó en mi mano! —dijo tirándolo al cubo.

—Seguro que está mojado por la lluvia —la tranquilizó Rocky.

—¿Ah sí? Pues agárralo tú.

Rocky tomó al sapo en sus manos. Su piel era suave y rugosa; fría pero no babosa.

En ese momento Rocky sintió algo cálido y húmedo en las manos.

—¡Puaf! Ahora se orinó en mi mano —volvió a tirarlo al cubo.

—¿Sabes una cosa? —dijo Judy—. ¡Es increíble que nos haya pasado lo mismo a los dos!

—¡Igual-igual! —dijo Rocky contento y chocaron dos veces la mano—. Es como si fuéramos miembros del mismo club. Un club secreto que sólo conociéramos nosotros dos.

—Ahora podemos poner un club en nuestros collages —sugirió Judy.

—¿Y cómo lo llamamos?

—¡El club "Si te Orina un Sapo"!

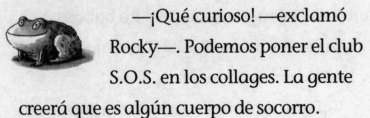

—¡Qué curioso! —exclamó Rocky—. Podemos poner el club S.O.S. en los collages. La gente creerá que es algún cuerpo de socorro.

—Perfecto…

—Eh, ¿qué están haciendo ustedes dos? —interrumpió Stink, que venía corriendo por la acera con unas botas que le quedaban grandes.

—Nada —contestó Judy, secándose las manos en el pantalón.

—Algo están haciendo. Lo sé por tus cejas de oruga.

—¿Qué cejas de oruga?

—Se te ponen las cejas como una oruga cuando no quieres contarme algo.

Judy Moody no tenía ni idea de que tuviera cejas de oruga.

—Sí, de oruga que pica —dijo Judy.

—Hemos fundado un club —anunció Rocky.

—Un club secreto —añadió Judy enseguida.

—Me gustan los secretos. Quiero ser del club.

—No puedes ser del club así nomás —dijo Judy—. Tiene que pasarte una cosa.

—Quiero que me pase esa cosa a mí también.

—No, no puedes querer eso —dijo Judy.

—Es asqueroso —intervino Rocky.

—¿Qué?

—Olvídalo —interrumpió Judy.

—Tienes que agarrar ese sapo —le explicó Rocky a Stink.

—Es una broma ¿verdad?... Lo que quieren es que agarre este sapo rugoso y baboso...

—Exacto —confirmó Judy.

Stink agarró al sapo.

—Eh, se siente... interesante. Como un pepinillo. Nunca había agarrado un sapo. ¿Ya puedo ser del club?

—No —dijo Judy.

—Parece mentira que no sea baboso.

—Espera y verás —le avisó Rocky.

—¿No me van a salir verrugas ni nada de eso, verdad?

—¿No notas nada?

—No.

—En fin —dijo Judy—. Deja el sapo ahí. ¿Lo ves? No puedes ser del club.

—¡Pues ya agarré el sapo y quiero ser del club! —Stink se echó a llorar.

—No llores. Hazme caso, Stink, no te gustaría ser de este club —lo consoló Judy.

En ese momento su hermano abrió los ojos como un búho. Había algo cálido y húmedo en sus manos. Judy Moody y Rocky se partieron de risa.

—¿Ya estoy en el club?

—¡Sí, sí, sí! —exclamaron Judy y Rocky—. ¡El club Si te Orina un Sapo!

Lo peor de todo

El Día D, el Día del Juicio, el Día del Tonto, el sábado: el día de la fiesta de cumpleaños de Frank Pearl, el que come goma de pegar. "Prefiero mil veces comer goma de pegar que ir a esa dichosa fiesta", pensó Judy.

Durante tres semanas Judy había dejado escondida la invitación de cumpleaños dentro de la caja de un juego que no les gustaba a sus padres, segura de que NUNCA la encontrarían. Pero su plan no funcionó: su padre se enteró el mismo día de la fiesta.

A Judy se le ocurrió pedirle que la llevara a la tienda de mascotas para comprar comida para sapos. Estaba mirando una caja de renacuajos con huevos de rana de verdad —"¡Contempla cómo los renacuajos se van convirtiendo en ranas! Cómo se van quedando sin cola y cómo les crecen las patas!", decía la etiqueta— con la idea de convencer a su padre de que se la comprara, cuando se encontró de golpe con otra caja igual. La tenía la madre de Frank.

—¡Judy! ¡Qué casualidad! Hemos pensado en el mismo regalo para Frank. Pensé que le encantaría. ¡Estaba a punto de comprarle la misma caja!

—Este, yo no... Me refiero a que usted sí.

—Frank tiene muchas ganas de verte en su fiesta.

—¿Fiesta? —el padre de Judy aguzó los oídos—. ¿Qué fiesta?

—¡La de Frank! Soy su madre.

—Mucho gusto en conocerla.

—El gusto es mío. Nos vemos en la tarde, Judy. Adiós.

La señora Pearl devolvió la caja al estante.

—A Frank le ENCANTAN los reptiles —se despidió.

"Anfibios", pensó Judy.

—Judy, ¿por qué no me dijiste que necesitabas venir por el regalo de cumpleaños de tu amigo? ¿Me habías dicho que tenías hoy una fiesta?

—No.

En el coche, Judy trató de convencer a su padre de que en la fiesta habría niños haciendo ruidos groseros e insultándose con nombres de animales.

—Vas a pasarla bien —le dijo su padre.

—Pues Frank Pearl come goma de pegar.

—Mira. Ya tienes la caja de renacuajos.

—Yo la quería para mí.

—Pero la señora Pearl dejó la suya al verte. No puedes negarte, Judy.

—¿Tengo que envolverla?

La respuesta estaba clara, a juzgar por la cara que puso su padre.

Judy Moody envolvió aquel regalo inmerecido para alguien que come goma de pegar con una página aburrida del periódico (no la de los cómics).

La fiesta empezaba a las dos, pero les dijo a sus padres que no empezaba sino hasta las cuatro, así sólo tendría que estar allí durante los últimos insoportables minutos.

Toda la familia fue en el auto a casa de Frank Pearl, incluso Sapito, al que Stink había metido en un envase de yogur. Judy tomó el regalo forzoso de Frank y se dejó caer de mal humor en el asiento de atrás. ¿Por qué tenía que ir Rocky a ver a su abuela precisamente hoy?

—¡Judy está llorando! —informó Stink al asiento delantero.

—¡Mentira! —saltó ella con su peor mirada de trol—. Esperen aquí —les pidió al llegar a la casa de Frank.

—Ve y diviértete —dijo su padre—. Volveremos por ti dentro de media hora. Cuarenta minutos como máximo.

—Sólo vamos al supermercado —añadió su madre.

Pero era igual que si se fueran a Nueva Zelanda.

La señora Pearl abrió la puerta.

—¡Judy! Creíamos que ya no ibas a venir.
Vamos al jardín de atrás. ¡Frank! Ha venido
Judy, cariño.

Judy echó un vistazo al jardín y no vio

más que niños. Niños tirándose insectos, niños mezclando chocolate con ketchup y niños haciendo un experimento con un saltamontes.

—¿Dónde están los demás?

—No hay nadie más, cariño. Maggie, la hermana pequeña de Frank, está en casa de una amiga. Creo que ya conoces a todos pues son de la escuela. También están los vecinos, Sandy y Adrián.

Sandy era un chico, igual que Adrián. ¡Frank Pearl se había burlado de ella! Las "vecinas" eran niños. Ella, Judy Moody, era la única niña. Ella sola. ¡En la fiesta de cumpleaños de Frank Pearl todos eran niños menos ella!

A Judy le dieron ganas de subir por la cuerda del columpio de Frank y aullar como un mono del trópico. Pero se limitó a preguntar:

—¿Dónde está el baño?

Decidió quedarse allí para siempre, por lo menos hasta que sus padres volvieran de Nueva Zelanda. La fiesta de Frank Pearl sólo para niños era LO PEOR QUE LE HABÍA PASADO en su vida.

Judy buscó algo que hacer.

Destapó un lápiz de ojos y añadió más dientes nuevos a la camiseta del tiburón que había llevado el primer día de clase. Qué curioso.

Toc, toc.

—¿Estás ahí, Judy?

Judy abrió enseguida la llave del agua para que la señora Pearl creyera que estaba lavándose las manos.

—¡Un momento! —exclamó.

El chorro salió tan fuerte que salpicó todo y le empapó la camiseta. Los afilados dientes nuevos del tiburón se emborronaron. Judy abrió la puerta.

—Frank iba a abrir tu regalo, pero no te encontrábamos.

Brad señaló la camiseta mojada.

—¡Miren todos! ¡Es un tiburón! ¡Con sangre negra chorreando por la boca!

—¡Súper!

—¡Guau!

—¿Cómo lo has hecho?

—Talento —dijo Judy—. Y agua.

—¡Guerra de agua! —Brad tomó un vaso de agua y se lo tiró a Adam, Mitchell le tiró otro a Dylan, y Frank se echó uno por la cabeza y sonrió.

Un silbido de la señora Pearl puso fin a la batalla de agua.

—¡Dylan! ¡Brad! Sus padres ya están aquí. No olviden sus bolsitas de sorpresas.

La señora Pearl se las dio al salir. Cuando le llegó el turno a Judy, ya no quedaban.

—Seguro que hice mal las cuentas...

—O Brad se ha llevado dos —dijo Frank.

—Mira, Judy. Había elegido estas chucherías, pero no encontré sufi- cientes para todos —y le dio una cajita de plástico transparente con una colección de piedras y gemas en miniatura. Jades y amatistas diminutas. Hasta un ámbar reluciente.

—¡Gracias, señora Pearl! —agradeció Judy, de veras muy contenta—. Me encanta coleccionar piedras y cosas. ¡Una vez mi hermano se creyó que había encontrado una roca lunar auténtica!

—Frank también colecciona cosas. Ya se han ido todos los niños, Frank. ¿Por qué no llevas a Judy a tu cuarto y le enseñas tus colecciones mientras vienen sus padres?

—Vamos. ¡El último en llegar es un moco verde! —exclamó Frank.

Judy estaba segura de que Frank coleccionaba frascos de goma de pegar. Probablemente se los tomaba a medianoche como golosina.

Las repisas de su cuarto estaban repletas de latas de café y frascos de comida para bebé. En cada uno había canicas, insectos de goma, borradores, de todo. Judy no pudo contenerse y preguntó:

—¿Tienes borradores en forma de pelota de béisbol?

—¡Diez! Los conseguí gratis cuando vino a la biblioteca uno del equipo de los Orioles.

—¿Ah sí? ¡Yo también! —sonrió Judy. A punto estuvo de gritar "Igual-igual", pero se contuvo a tiempo.

—Voy a poner uno en mi collage, junto a mi insecto favorito, una cigarra, en AFICIONES, ya sabes, coleccionar cosas.

—También es mi afición —dijo Judy.

Además tenía dos sacapuntas —una

Campana de la Libertad y un cerebro— y una libreta miniatura de Vic's. Frank Pearl le enseñó una moneda de diez centavos con un bisonte, que guardaba en una alcancía con doble cerradura.

—No es una colección de verdad, porque no tengo más que una.

Eso no importa —dijo Judy.

Frank tenía además una fabulosa colección de cómics, algunos muy antiguos. Para rematar, hasta coleccionaba jabones en miniatura, con nombres de hoteles en los envoltorios.

A Judy se le olvidó que quería irse.

—¿Qué es eso?

—Una planta carnívora. Atrapa insectos. Creen que es una flor y por eso se posan en ella, y la planta se los come.

—¡Qué curioso! Yo tengo una Venus atrapamoscas que se llama Mandíbulas.

—Ya lo sé. Fue muy chistoso cuando la llevaste a clase y se comió la hamburguesa y te dejó la mochila oliendo a diablos y todo eso.

—¡Frank! ¡Judy! ¡Los padres de Judy ya están aquí!

—Me tengo que ir.

—Pues gracias por la caja de renacuajos —dijo Frank doblando una pata de la cigarra de goma de su colección.

—Oye, ¿es verdad que te comes la goma de pegar?

—Sólo una vez comí. Por una apuesta.

—¡Qué curioso!

Todavía peor

El día comenzó muy mal para Judy. Stink, su maloliente hermano, el que había vendido tierra por polvo lunar, iba con su clase a Washington, D.C., ¡a visitar la casa del presidente!

Y su madre y su padre también iban.

Su muy abnegada hija tenía que quedarse en casa a terminar el collage. A ella, Judy Moody, todavía le quedaban varios huecos por llenar.

—Creo que tengo un agujero en el cerebro —le informó Judy a su familia—. No se me ocurre ya nada interesante para poner en el collage.

Judy se hundió en el sofá de la sala de estar como un globo desinflado.

—Me podrían pasar cosas más interesantes en Washington, D.C.

—Ya sabes que sólo van los de Segundo, cariño —dijo su madre.

—¡Grrr!

—A lo mejor volvemos tarde —le avisó su padre—. Puedes ir a casa de Rocky al salir de clase y así terminan juntos las tareas.

—Lo pasarás bien —su madre intentó animarla—. Además, ¿no ibas a ir hoy a una reunión para la Semana del Cepillado de Dientes?

¡Lo había olvidado! Una razón más para estar enojada. Stink iba a codearse con el presidente y Judy Moody a darse la mano con don Diente y don Hilo Dental.

Stink entró a la sala de estar andando como un pato. Iba envuelto en un mantel de rayas rojas y blancas.

—¿Qué es eso? —preguntó Judy.

—Un disfraz para mi proyecto "Tú eres la bandera". Yo soy la bandera.

—Stink, no es que tú seas la bandera. Tienes que contar lo que la bandera significa para ti.

—Para mí significa que soy la bandera.

—¿Qué llevas en la cabeza?

—Un sombrero. Mira, cada estrella es un estado, igual que en la bandera. Una

por cada uno de los cuarenta y ocho estados.

—¿Sabes qué? Hay cincuenta estados, Stink.

—No. Ya los conté. Los vi en un mapa.

—Vuelve a contar. Seguro que se te olvidaron Hawai y Alaska.

—¿Crees que el presidente se dará cuenta?

—Stink, el presidente es el que hizo los estados. Claro que se dará cuenta.

—Está bien, está bien. Pegaré otras dos.

—Es increíble, todos los de Segundo escriben un poema a la bandera o hacen un dibujo para el proyecto, pero mi hermano es una bandera humana.

—¿Qué tiene de malo?

—Que pareces una momia con barras y estrellas y andas como un pato. Eso tiene de malo.

—Me muero de ganas por ver aquel salón donde todo es de oro de verdad. Hasta las cortinas y las colchas. Según Heather Strong, las lámparas son de diamantes.

—Heather Strong miente —sentenció Judy.

Era inútil. Tendría que cambiar el collage. La fiesta de cumpleaños de Frank ya no era LO PEOR DE TODO. ¡Frank Pearl había comido goma de pegar por una apuesta! Además, le había dado seis hormigas y una mosca para Mandíbulas.

Era TODAVÍA PEOR no ver al presidente de sus propios cincuenta Estados

Unidos. Toda su familia, hasta su hermano, la bandera humana, se iba a Washington, D.C., mientras ella, Judy Moody, se quedaba a escuchar a un diente parlante.

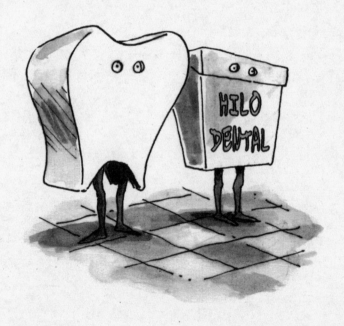

Lo más divertido

Llovía a cántaros. Su padre no la dejaba ir a la escuela sin paraguas, y el único que tenía era uno muy cursi, amarillo, de cuando estaba en Primero. Prefirió mojarse hasta la médula con tal de no llevar ese paraguas de niña pequeña... Seguro que el sol brillaba en casa del presidente, pensaba Judy. Se sentía como una banca de parque mojada bajo la lluvia.

—Frank también quiere venir a mi casa al salir de clase —le contó Rocky en el autobús—. Además, tengo un billete nuevo de diez dólares y podemos ir a Vic's a comprar algo curioso.

—¿Venden oro de verdad en Vic's?

En la clase de Lenguaje, Judy escribió "lucha", cuando en realidad el señor Todd había dicho "mucha". En Ciencias, se le cayó el ovillo de hilo que Jessica le había lanzado para hacer una telaraña gigante, con tan mala suerte que salió por la puerta del salón rodando hacia el pasillo justo cuando pasaba por allí la señora Tuxedo, la directora, con sus zapatos de tacón muy alto... Y en la reunión de la Semana del Cepillado de Dientes, don Diente la eligió

para que hiciera de caries, en el escenario, delante de todo el colegio.

No se le iba de la cabeza la idea de que Stink estuviera en casa del presidente y ella no. Él estaría viendo un montón de cosas de oro de verdad. ¿Le daría la mano al presidente? ¿Se sentaría en una silla de oro?

—¿Pueden hablar las banderas? —le preguntó a Frank.

—¡Sólo si son banderas parlanchinas!

Fue la gota que rebosó la copa. Sería imposible vivir con Stink después de haber estado en casa del presidente.

En el autobús de vuelta a casa, Rocky le echó agua a Frank con su moneda mágica de cinco centavos. Éste dio un gruñido y se secó con la manga. Judy aparentó que le había parecido chistoso, pero en realidad estaba pensando que en ese momento Stink podría estar acariciando al cachorrito del presidente. Contestó con un gruñido cuando Rocky exclamó:

—¡Tengo muchas ganas de ir a Vic's!

Echaron a correr por entre los charcos hasta el supermercado. Rocky no se entretuvo cruzando China y Japón de la forma adecuada.

—¿Y por qué tanta prisa? —preguntó Judy.

—Necesito una cosa, pero no queda más que una ¡y no quiero que otro se la lleve!

Una vez en el supermercado, Rocky fue derecho al mostrador.

—Aquí está. ¡Todavía queda una!

Judy se empinó para mirar dentro de una caja que estaba encima del mostrador.

En el fondo había... una mano. ¡Una mano humana! Judy estuvo a punto de gritar. Lo mismo que Frank, hasta que se dieron cuenta de que era de goma.

—¿Qué les parece? —preguntó Rocky.

—Curiosa —respondió Judy.

—¡Estupenda! —se entusiasmó Frank—. Parece de verdad. ¡Con uñas y todo!

Rocky compró la mano y tres bolas de fuego.

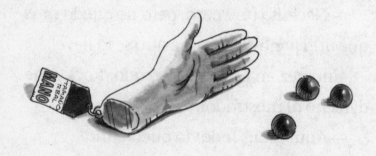

—¿Qué vas a hacer con esa mano? —preguntó Frank.

—No lo sé, pero me gusta.

Al llegar a casa de Rocky, Judy se puso a trabajar en su collage. Pero no estaba de humor para poner LO MÁS DIVERTIDO. Era como si las cosas divertidas que le habían pasado se hubieran esfumado de su cabeza.

Rocky les enseñó su collage terminado a Judy y Frank.

—En DÓNDE VIVO he puesto al presidente Thomas Jefferson asomado por la ventana de mi casa. Lo recorté de un billete de juguete.

—¡Qué bien! —lo felicitó Frank—. Como es la calle Jefferson...

—El trozo de tela es parte del cabestrillo

que usé cuando me rompí el brazo, LO PEOR DE TODO. Y un rollo de papel higiénico por el club S.O.S., un club secreto al que pertenezco —informó Rocky, mirando de reojo a Judy.

—¿Qué club es ése del papel higiénico?

—Si te lo digo, ya no será secreto.

—¿Quién es éste? —preguntó entonces Frank señalando una lagartija.

—Houdini, MI MASCOTA FAVORITA.

—¿Y ese tipo que atraviesa una pared de ladrillo? —preguntó de nuevo Frank.

—Ésta es mi parte favorita. Mi madre me hizo una copia de una foto del verdadero Harry Houdini de un libro de la biblioteca.

Judy señaló una cabeza de ajo.

—¿Quieres espantar a los vampiros o qué?

—Eso es de una vez que me comí una cabeza entera de ajo sin querer. ¡LO MÁS DIVERTIDO fue que estuve oliendo a diablos durante una semana!

—¡Como cuando Mandíbulas se comió aquella hamburguesa! —se rió Frank.

—Como cuando Stink se quita los zapatos —dijo Judy.

—¿Éste eres tú? —preguntó Frank.

—Soy yo con gorro de mago, haciendo desaparecer una pecera.

—Qué lástima que no puedas desaparecer a Stink —dijo Judy.

—Qué lástima que ya lo haya terminado —dijo Rocky—. Me hubiera encantado poner la mano de goma en el collage.

Fue entonces cuando se le ocurrió. ¡Qué gran idea! La más divertida de todas. Dio vueltas por la cabeza de Judy y aterrizó como una nave espacial.

—¡Rocky! ¡Eres genial! Vamos a mi casa

—ordenó Judy—. Y trae la mano.

—En tu casa no hay nadie, podemos meternos en un lío. ¡Estás loca!

—¡Exacto! Vamos. Hay una llave escondida en la tubería del canalón.

—¿Se te ha olvidado algo? —preguntó Frank.

—Sí. ¡Se me había olvidado gastarle una broma a Stink!

Judy corrió por toda la casa en busca del sitio perfecto donde dejar la mano, un lugar que Stink encontrara enseguida. ¿El sofá? ¿El acuario de Sapito? ¿El refrigerador? ¿Debajo de la almohada?

¡El baño!

Judy bajó al baño, levantó la tapa del inodoro, sólo un poco, y dejó allí la mano asomando las uñas.

¿Dónde?

¿Aquí?

¿Y aquí?

Hmm...

¿O aquí?

¿Tal vez aquí?

¡Ya sé!

¡Perfecto!

—¡Parece de verdad! —se sorprendió Rocky.

—Le va a dar un susto que se va a olvidar hasta del presidente —dijo Judy—. Seguro.

Volvieron a casa de Rocky y se pusieron los tres a mirar por la ventana del cuarto. Cada vez que se asomaba un auto por la calle gritaban:

—¡Son ellos!

Hasta que Judy vio la furgoneta azul.

—¡Corran! ¡Están llegando a la entrada!

Stink estaba tan emocionado hablando de la casa del presidente con Judy, Rocky y Frank, que Hawai y Alaska se le cayeron del sombrero.

"¿Por qué no va al baño?", pensó Judy.

—En casa del presidente hay un cine,

¡lo juro! Y una sala con una puerta secreta, de verdad, y hasta un reloj que te dice cuándo tienes que bañarte —decía Stink atropellando las palabras.

—¡Qué curioso! —soltó Judy—. Justo lo que tú necesitas.

"Ve al baño, Stink", deseó para sus adentros. Stink dejó de hablar, como si lo hubiera oído. Entró al baño con el sombrero balanceándose sobre su cabeza y cerró la puerta. Se oyó el pestillo.

El padre y la madre interrogaron a Judy acerca de la reunión con don Diente, aunque ella sólo estaba pendiente del baño.

—¡AAAAAHHHHH!

Stink salió disparado del baño. El sombrero rodó por el suelo y las estrellas volaron por los aires.

—¡Eh! ¡Papá! ¡Mamá! ¡Hay alguien dentro del inodoro!

Judy Moody, Rocky y Frank Pearl se revolcaban en el suelo de risa.

Mi collage

Al día siguiente, Stink acompañó a Judy mientras ella terminaba el collage después de la escuela.

—Ya está prácticamente terminado. Hay que entregarlo mañana.

Stink señaló con el dedo.

—Te queda un espacio vacío al lado del dibujo de Mandíbulas.

Entonces Judy pegó allí con cuidado una mano de muñeca de su colección.

—Ya no —repuso.

—¿Y esa mano? ¿Es por la broma que me gastaste?

—Sí. Es LO MÁS DIVERTIDO que me ha pasado en mi vida.

—¿Y le vas a contar a toda la clase que yo creí que había alguien en el inodoro?

—Voy a hacerte famoso, Stink.

—¿No puedes por lo menos poner otro nombre o algo así?

—O algo así —repitió Judy irónicamente.

Cuando Judy se levantó a la mañana siguiente estaba otra vez lloviendo a cántaros. Tuvo el presentimiento de que se le venía encima un viernes de malos humos.

—Vamos a meter el collage en una bolsa de basura para que no se moje —sugirió su padre cuando ella lo bajó.

—Papá, no voy a llevar el collage en una bolsa de basura.

—¿Por qué no?

—¿Llevó Van Gogh su *Noche estrellada* en una bolsa de basura?

—Ella tiene razón —la apoyó su madre.

—Seguro que no se habían inventado todavía. Hazme caso, si hubiera tenido bolsas de basura, Van Gogh no hubiera dudado en usarlas.

—Cariño, ¿por qué no te vas en el autobús y que papá te lleve el collage a la escuela después de llevar a Stink al dentista? Él va a llevar hoy a Sapito a la escuela, así que papá tiene que llevarlo hasta allá de todas maneras.

—Quiero llevarlo yo misma. Así me aseguro de que no le pase nada.

—¿Qué podría pasarle? —preguntó su madre.

—Podría haber un tornado —intervino Stink— y el viento se lo llevaría y lo aplastaría un autobús.

—Tan gracioso —le espetó Judy.

—Tienes muchas más cosas que llevar —dijo su padre.

Eso era cierto: llevaba la lonchera, la bata de laboratorio para vestirse de médica durante su charla, Sara Secura, el maletín y muchas curitas.

—Está bien —aceptó—, pero que no se te arrugue ni se te moje, y llévalo a las once y... no dejes que Stink le haga nada.

Le lanzó a su hermano una de sus miradas de trol.

—Tendremos cuidado —su padre la tranquilizó.

Judy se fue en el autobús con Rocky, que por enésima vez practicó con ella lo del chorro de su moneda mágica de cinco centavos.

—¡Está bien! ¡Ya sabemos que funciona! —gruñó secándose la cara.

Rocky se partía de la risa.

Judy se pasó la mañana imaginando las cosas que podían ocurrirle a su collage: como caerse en un charco cuando su padre abriera el auto, o que Sapito se escapara del bolsillo de Stink y se orinara encima… o que hubiera un tornado, como había dicho Stink.

Dieron las once y el collage no había llegado todavía. Ni rastro de Stink ni de su padre.

Judy era incapaz de escuchar a los demás niños cuando mostraban sus collages: tenía los ojos clavados en la puerta del aula.

—Judy, ¿quieres explicarnos el tuyo? —el maestro se dirigió a ella.

—Prefiero ser la última.

—¿Frank? —siguió el maestro.

—Yo también, después de Judy.

Judy miró el pupitre de su compañero.

—¿Y tu collage?

—No lo he traído. Bueno, es que no lo he terminado porque no tengo ningún CLUB que poner —susurró Frank—. ¿Y el tuyo?

—Tendría que haberlo traído mi hermano.

Volvió a mirar a la puerta. ¡Allí estaba! Stink le hizo señas para que saliera al pasillo. Stink tenía mala cara.

—¿Pasa algo? —preguntó Judy.

—Si te lo cuento, te vas a subir por las paredes.

—¿Dónde está? ¿Se te ha caído en un charco? ¿Se ha orinado Sapito encima?

—No. No es eso.

—¿Entonces?

—Papá está en el baño de niños secándolo.

Judy se fue allí corriendo, empujó la puerta y entró muy decidida. Había papel higiénico por todas partes.

—¡Papá!

—¡Judy!

—¿Se ha dañado? Déjame verlo.

El padre le mostró el collage. Tenía una gran mancha morada en todo el centro, no del tamaño de una moneda de dólar, sino del tamaño de un panqueque. ¡Un gran triángulo irregular, un lago morado flotando en medio de su collage!

—¿Qué pasó?

—Estaba tomando jugo de uva... —explicó Stink, que se había quedado en la puerta— con un popote y... Lo siento.

—¡Stink! ¡Lo has destrozado! ¡Papá! ¿Cómo lo dejaste tomar jugo en el auto?

—No es para tanto. Parece que forma parte del collage. Hablaré con el señor Todd para que te deje arreglarlo el fin de semana. Ahora tápalo como puedas.

—A lo mejor podemos borrarlo… —dijo Stink— con un borrador gigante.

—Déjame ver —Judy sostuvo en alto el collage, mirándolo de arriba abajo. La mancha morada no impedía que se viera a la doctora Judy Moody en el bosque tropical. Tampoco se había caído ninguna curita.

—No importa —dijo Judy.

—¿Que no importa? —preguntó su padre.

—No es tan grave. Peor hubiera sido lo del tornado o lo del autobús.

—¿De verdad? —preguntó extrañadísimo Stink—. ¿Ya no vas a meterme en la cama un pie de goma ni nada de eso?

—No —le dijo Judy a su hermano con una sonrisa—. Pero es una buena idea.

—Mira, cariño. Sé lo que te ha costado hacerlo. Lo arreglaremos.

—Ya sé lo que vamos a hacer —dijo Judy—. Stink, dame tu marcador negro.

Salieron al pasillo y Stink sacó el marcador de la mochila. Judy extendió el collage en el suelo e hizo una raya negra alrededor del gran triángulo morado.

—¿Estás chiflada? —le preguntó su hermano—. Así se va a notar más.

—Eso es lo que quiero. Así parecerá que lo he hecho aposta.

—Me gusta mucho cómo has sacado partido de un accidente así —la felicitó su padre.

—¿Qué es? —preguntó Stink.

—Virginia. El estado de Pocahontas y Thomas Jefferson. El sitio DONDE VIVO.

Curitas y helado

Cuando Judy volvió a clase, se puso la bata de médico, se plantó en medio de sus compañeros y sostuvo el collage en alto. Estaba muy orgullosa, como si su hermano no hubiera estado a punto de arruinarle su obra maestra. Procuró hacerles ver que quería ser médica y mejorar el mundo; y que también podía controlar su mal humor.

Habló de ella y de su familia, sin olvidar cuando Stink vendió polvo lunar, lo cual explicaba por qué su hermano era un puñado de tierra. Siguió con el dedo las fronteras de Virginia para indicar dónde vivía. Habló de su mejor amigo Rocky y de su nuevo amigo Frank. Señaló una tapa de un frasco de goma de pegar en una esquina y contó que una vez Frank había comido goma por una apuesta.

—¿Ésa es Mandíbulas? —preguntó Brad—. ¿La que come insectos?

—Sí. Tengo una gata, pero Mandíbulas es MI MASCOTA FAVORITA. Cuando sea médica, quiero ir al bosque tropical para buscar nuevas plantas medicinales y así curar enfermedades raras.

Judy señaló la mesita de la pizza que le había dado el señor Todd y otras cosas que había puesto en el apartado de AFICIONES. Contó que era miembro del club S.O.S., pero que no podía decir lo que significaba.

—Ésta es una foto que le sacaron mis padres a Stink vestido de bandera frente a la Casa Blanca.

Explicó por qué eso era LO PEOR QUE LE HABÍA PASADO. Lo que más gustó de su collage fue la mano de la muñeca saliendo de una foto de un inodoro. Judy les contó cómo lo peor se había transformado en LO MÁS DIVERTIDO.

—¿Alguna pregunta? —se dirigió a la clase.

—¿Quién es la señora mayor? —preguntó Frank.

Judy explicó que era Elizabeth Blackwell,

la primera mujer médica, y luego hizo una demostración de sus habilidades profesionales: puso el brazo de Rocky en cabestrillo y le vendó la rodilla a Frank. Sacó del maletín la sangre de juguete y utilizó de modelo a Sara Secura para explicar cómo poner curitas.

—Eso es todo. Ésa soy yo, Judy Moody.

—Buen trabajo, Judy —la felicitó el señor Todd—. ¿Algún comentario?

—Me gusta cómo has pintado Virginia en medio del collage para mostrar dónde vives —dijo Jessica—, en vez de poner una foto de tu casa.

—Esas curitas con tatuajes me encantan —añadió Dylan—. Tengo una ampolla. ¿Me das una?

—¡Y yo, un padrastro!

—¡Y yo me he cortado con el papel!

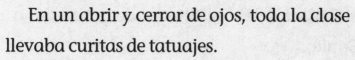

—¡Y a mí me ha picado un mosquito!

En un abrir y cerrar de ojos, toda la clase llevaba curitas de tatuajes.

—Judy Moody, eres una agitadora —dijo el señor Todd.

—¿Ah sí? ¿Y eso qué significa?

El señor Todd se rió.

—Digamos que significa que tienes imaginación.

El temible viernes de malos humos se había convertido en un día espléndido. Y aún no había terminado.

Cuando iba hacia el autobús por la tarde,

su padre y su madre estaban esperándola a ella y a su hermano para tomar un helado.

—Yo quiero ese helado azul, Niebla del Bosque Tropical. ¡El que ustedes siempre comen! —gritó Stink sin parar de saltar, sujetándose el bolsillo donde guardaba a Sapito.

—¿Le ha gustado Sapito a tu maestra? —preguntó Judy.

—Sí, pero por poco entra en el club Si te Orina un Sapo.

Judy soltó una carcajada.

—Papá, mamá, ¿puedo invitar a Rocky y a Frank?

—Buena idea —contestaron.

Judy Moody pidió un Niebla del Bosque Tropical con chocolate por encima, su favorito. Estaba de un buen humor como no había estado nunca antes.

Stink sacó a Sapito del bolsillo y lo puso sobre la mesa de la heladería. Sapito dio un salto hasta una gota azul que había chorreado del cono del helado de Rocky.

—¡A Sapito le gusta el Niebla del Bosque Tropical! —exclamó encantado Rocky.

—Oye, Frank —preguntó Judy—, ¿y tú cuándo vas a terminar tu collage?

—El señor Todd me ha dicho que puedo llevarlo el lunes.

—¿Todavía no lo has terminado? —preguntó Rocky.

—No puedo poner nada en CLUBES. Según el diccionario, hacen falta tres o más personas.

Judy, Rocky y Stink se cruzaron miradas y después Judy le propuso a Frank:

—Si sujetas a Sapito, quizás entres en un club.

—¿De verdad?

—De verdad, verdad —contestaron al tiempo Judy y Rocky.

Frank arrugó la nariz.

—No entiendo.

Rocky se rió.

—Ya lo verás.

Frank levantó a Sapito con una mano.

—Hazlo con las dos manos —aclaró Judy.

—Así —le explicó Rocky haciendo una cunita con ambas manos.

—Tenlo ahí un rato —dijo Stink.

—Sigo sin entender.

—Ya lo entenderás —aseguraron los otros tres.

Un segundo después, Frank sintió algo cálido y húmedo en las manos. Se puso bizco y todos se revolcaron en el suelo de la risa.

LA AUTORA

Megan McDonald nació en Pennsylvania, EE. UU., y fue la menor de cinco hermanas en el seno de una familia de infatigables contadores de historias. Como a ella no la dejaban contarlas, comenzó a escribirlas. Se graduó en Literatura Infantil y trabajo en librerías, bibliotecas y escuelas antes de dedicarse por completo a escribir. Vive en California con su marido, Richard.

EL ILUSTRADOR

Peter H. Reynolds creó y "publicó" desde los siete años sus propios periódicos, libros y revistas con la colaboración de su hermano. Estudió Arte en el Massachusetts College of Art y después fundó una próspera empresa de producciones propias. Siempre se propone "contar historias que digan algo" a través de sus dibujos. Vive en Massachusetts, EE.UU.